fabula familia f

Margarita murilegus

By Melissa Cooper

For the real Pearl, who inspired this story and many more.

Thank you to Matt, for your help and advice.

Thank you to my wonderful students, who read this story first.

Table of Contents:

familia felina 5

in templo 8

non contenta 10

mater optimum scit 13

consilium capit 15

e templo fuga 18

in via Romae 20

mustela murilegus 22

mus maximus 24

mus formidulosissimus 28

et maximus et formidulosissimus 31

Theophania, feles Graeca 34

sacrae feles 36

Felicla regina 39

investigation pro Margarita 43

liberatio 47

Margarita contra mures 50

excusatio 53

Margarita murilegus 55

vocabulario 57

familia felina

est Margarita[1].

Margarita feles est. Margarita feles parva est sed animum magnum[2] habet. Margarita fortis est.

Margarita

Margarita in templo deae habitat. Margarita in templo cum familia habitat. familia Margaritae quoque feles sunt.

---

[1] Margarita's name means 'pearl' in Latin
[2] *animum magnum* = big heart

Poppaea soror[1] Margaritae est.

Poppaea quoque parva est.

Poppaea minor est quam Margarita[2].

Avita mater Margaritae est. Avita mater Margaritae et Poppaeae est.

Cassia mater Avitae est. Cassia avia[3] Margaritae et Poppaeae est. est familia felina.

---

[1] *soror* = sister
[2] *minor est quam* = is smaller than
[3] *avia* = grandmother

Margarita familiam suam amat et familia quoque eam amat.

in templo

Libertas

Margarita et familia in templo Libertatis habitant. Libertas[1] dea potens est. templum Libertatis Romae[2] est et cotidie multi Romani templum visitant.

Libertas feles valde amat. feles carissimae ei sunt[3]. igitur sacerdotes Libertatis in templum feles pascunt[4]. Margarita et familia feles sacrae sunt quia a dea amantur[5].

---

[1] Libertas is the Roman goddess of freedom and of freedmen, and she really did like cats
[2] *Romae* = in Rome
[3] *feles carissimae ei sunt* = cats are very dear to her.
[4] *feles pascunt* = they keep cats as pets
[5] *amantur* = they are loved

in templo, cotidie multi Romani visitant et precantur[1]. cotidie sacerdotes sacrificant et feles curant.

cotidie Margarita, Avita, Cassia et Poppaea per templum ambulant, in sole iacent, cum plumis ludent.

vita[2] in templo optima est. vita facillima est. sed Margarita contenta non est.

---

[1] *precantur* = pray
[2] *vita* = life

non contenta

Margarita feles sacra est. in templo Libertatis habitat. cotidie cum familia ludet et in sole iacet et per templum ambulat. sed non contenta est.

Margarita feles sacra esse non vult. ambulare per templum non vult. iacere in sole non vult. Margarita familiam valde amat, sed feles sacra esse non vult. murilegus[1] esse vult.

---
[1] *murilegus* = mouse-catcher

cotidie murilegi mures capiunt.

cotidie murilegi cibum et domos Romanorum[1] protegunt. murilegi fortissimi sunt.

mustela = murilegus

mus

Margarita mures capere vult. cibum et domos Romanorum protegere vult. Margarita murilegus esse valde vult[2].

sed esse murilegus non potest. Margarita murilegus esse non potest, quia feles murilegi non sunt.

---
[1] *cibum et domos Romanorum* = food and homes of Romans
[2] *Margarita murilegus esse valde vult* = Margarita really wants to be a mouse-catcher.

solum mustelae[1] murilegi sunt. Margarita feles est, non mustela. igitur Margarita murilegus esse non potest.

---
[1] *mustelae* = weasels

mater optimum scit[1]

Margarita per templum ambulat, deinde matrem Avitam in sole iacentem[2] videt.

"mama!" maumat[3] Margarita, "quid facit?"

"in sole iaceo." Avita maumat. "quoque in sole iacere debes. feles sacra es. feles sacrae in sole iacent."

"sed, mama," Margarita exclamat, "feles sacra esse nolo. murilegus esse volo. murilegi in sole

---
[1] *mater optimum scit* = mother knows best
[2] *in sole iacentem* = lying in the sun
[3] *maumat* = meows

non iacent. murilegi mures capiunt. fortissimi sunt. fortissima, sicut[1] murilegi, esse volo!"

Avita surgit et caput filiae lingit[2].

"O mea infantula. valde te amo. iam tu fortissima es. murilegus esse non debes. mane in templo. mane mecum[3]. audi tuam matrem. mater optimum scit."

Avita caput Margaritae lingit et murmurare coepit[4].

---

[1] *sicut* = just like
[2] *lingit* = licks
[3] *mane mecum* = stay with me
[4] *murmurare coepit* = she begins to purr

consilium capit

Margarita irata est. mater non intellegit. Margarita murilegus esse vult, non feles sacra.

sed mater eam feles sacra esse vult, non murilegus. igitur Margarita consilium capere debet.

Margarita sororem, Poppaeam, ludentem cum plumis[1] videt. Poppaea currit[2] et in plumas salit[3], deinde in aera plumas iactat[4]. Poppaea id facit iterum et iterum. Poppaea laetissima est.

---
[1] *ludentem cum plumis* = playing with feathers
[2] *currit* = runs
[3] *salit* = jumps
[4] *iactat* = throws

"Poppaea, soror!" exclamat Margarita, "tuum auxilium requiro[1]."

Poppaea curiosa Margaritam spectat. deinde maumat, "esto[2]."

"murilegus esse volo. sed mater me esse murilegum non vult. sed consilium capio.

---
[1] *requiro* = I need
[2] *esto* = okay

murilegus ero[1]. murilegus optimus ero. murem maximum et formidulosissimum capiam[2]!"

---
[1] *ero* = I will be
[2] *capiam* = I will capture

e templo fuga

templum Libertatis magnum et pulchrum est.

cotidie multi Romani visitant et precantur. sed

nocte[1] templum vacuum est. nulli Romani visitant

et sacerdotes dormiunt.

Avita et Cassia sub statua Libertatis sedent. Avita et Cassia, Margaritam

et Poppaeam spectantes[2], sub statua sedent.

---
[1] *nocte* = at night
[2] *spectantes* = watching

Margarita maumat. subito Poppaea salit et agitare nihil coepit. Poppaea celerrima est et per templum et circum statuam currit. Avita et Cassia Poppaeam spectant. Margaritam non spectant.

igitur Margarita e templo effugere potest. e templo in viam currit. nunc Margarita libera est. Margarita murilegus erit. murem maximum et formidulosissimum capiet.

in via Romae

Margarita per vias Romae ambulat. viae Romae maximae sunt. Margarita feles parva est, et viae maximae sunt. Margarita parva est sed quoque fortis est. Margarita non timet.

multi Romani per vias ambulant. Romani maximi sunt, et Margarita parva est. sed Margarita fortis quoque est. Margarita non timet.

Margarita caute[1] per vias currit. mures quaerit quia murem maximum et formidulosissimum capere debet. murem quaerit sed non videt.

subito mustelam videt! mustelae murilegi sunt. ubi mustelae adsunt, mures absunt; sed ubi mures adsunt mustelae aderint[2].

Margarita aliud consilium capit. mustela per vias currit et Margarita celeriter sequitur.

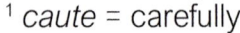
[1] *caute* = carefully
[2] *aderint* = they will be there

mustela murilegus

mustela per vias currit. Margarita sequitur. mustela celer est, sed Margarita celer quoque est. mustela celeriter currit sed currere celerior quam Margarita non potest[1].

feles mustelam per vias Romae sequitur. mustela celerior currit, feles celerior sequitur. Margarita sperat mustelam eam ad mures ducturam esse[2].

mustela in angiportum[3] currit.

subito feles mustelam videre

---

[1] *sed currere celerior quam Margarita non potest* = but he cannot run quicker than Margarita.
[2] *Margarita sperat mustelam eam ad mures ducturam esse* = Margarita hopes that the weasel is going to lead her to the mice
[3] *in angiportum* = into an alleyway

non potest. Margarita circumspectat sed mustelam non videt.

feles putat, 'ubi mustela est?'

deinde sonum audit. audit… murem pilpitantem[1].

SQUEAK!

SQUEAK!

SQUEAK!

---
[1] *murem pilpitantem* = squeaking mouse

mus maximus

Margarita angiportum circumspectat. murem pilpitantem quaerit. murem pilpitantem audit sed non videt.

subito umbra magna per angiportum currit. umbra maior est quam[1] Margarita. umbra maxima est, et Margarita parva est, sed Margarita quoque fortis est.

---

[1] *maior est quam* = is bigger than

Margarita felit[1].

umbra per angiportum iterum currit, deinde currit in lucem[2].

umbra est mus! mus maximus! Margarita laeta est - hunc murem capiet!

Margarita iterum felit. oppugnare murem parata est[3]. deinde mus pilpitat:

---
[1] *felit* = snarls
[2] *in lucem* = into the light
[3] *parata est* = she is prepared

"eheu! noli[1] me oppugnare! non dignus capiendi sum[2]!"

Margarita curiosa maumat, "cur? tu es mus maximus. murilegus esse volo. murem maximum et formidulosissimum capere debeo."

mus perterritus pilpitat, "vero, mus maximus sum. sed non formidulosissimus. perterritus sum. noli me capere."

---

[1] *noli* = don't
[2] *non dignus capiendi sum* = I am not worth capturing

Margarita putat, deinde maumat: "murem maximum et formidulosissimum capere debeo. si mus maximus et formidulosissimus non es, te non capiam."

"gratias ago!" pilpitat mus maximus et perterritus.

deinde mus quam celerrime[1] effugit.

---
[1] *quam celerrime* = as quickly as possible

mus formidulosissimus

Margarita tristis est. mus maximus non formidulosissimus erat. si Margarita murilegus esse vult, murem et maximum et formidulosissimum capere debet. Margarita per angiportum ambulat, murem quaerens.

deinde feles sonum audit – est mus pilpitans! et umbram parvam vidit. umbra in lucem currit. est mus parvus – minor quam Margarita[1]!

---

[1] *minor quam Margarita* = smaller than Margarita

subito mus vehementer[1] pilpitat et oppugnat! est mus minimus et formidulosissimus!

mus et feles in angiporto pugnant. dentibus et unguibus[2] ferociter pugnant. pugna formidulosissima est! mus formidulosissimus est!

Margarita murem oppugnat et mus Margaritam oppugnat. mus fortis est sed feles maior est.

tandem finis est!

---

[1] *vehemener* = loudly
[2] *dentibus et unguibus* = with teeth and claws

Margarita victor est — Margarita murem vincit —

nunc murilegus est!

sed mus formidulosissimus minimus erat, non maximus.

Margarita perseverare[1] debet.

---

[1] *perseverare* = continue, persevere

et maximus et formidulosissimus

Margarita per vias Romae ambulat, quaerens plures mures[1]. Margarita murilegus est sed ad templum redire non potest, quia matrem falsam esse ostendere debet[2]. Margarita murem et maximum et formidulosissimum capere debet.

Margarita per vias ambulat deinde umbram iterum vidit. umbra mus est!

---

[1] *quaerens plus mures* = searching for more mice
[2] *matrem falsam esse ostendere debet* = she must prove her mother wrong.

deinde aliam umbram vidit, et aliam et aliam. umbrae mures sunt et felem cingunt[1].

mures maximi et formidulosissimi sunt. mures Margaritam cingunt. mures vehementer pilpitant deinde felem oppugnant.

mures et Margarita pugnant. dentibus et unguibus[2] ferociter pugnant. pugna formidulosissima est! mures et maximi et formidulosissimi sunt. victores sunt. mures Margaritam vincunt.

---

[1] *cingunt* = they surround
[2] *dentibus et unguibus* = with teeth and claws

Margarita ad terram exanima cadit[1].

---
[1] *ad terram exanima cadit* = falls lifeless to the ground

Theophania, feles Graeca

Margarita expergiscitur in spatio obscuro[1]. mures absunt; Margarita sola est.

"salve!" exclamat vox laetissima. nunc Margarita sola non est.

est feles parva et laeta. Margarita putat felem pulcherrimam esse.

"salve! quis es? sum Theophania. hic[2] habito. Romae diu habitavi sed Graecia nata sum[3]. ubi

Theophania

---
[1] *expergiscitur in spatio obscuro* = awakens in a dark space
[2] *hic* = here
[3] *Graecia nata sum* = I was born in Greece

nata es? cum matre habito. mea mater potens et fortis est. exercitum murum[1] habet, et—"

"quid?" exclamat Margarita, "exercitus murum? quid significas[2]?"

Theophania maumat, "significo meam matrem exercitum murum ducere. cibum auferunt[3] et domos Romanorum oppugnant. quoque murilegos capiunt."

eheu! putat Margarita.

---

[1] *exercitum murum* = army of mice
[2] *quid significas?* = what do you mean?
[3] *auferunt* = they take away, steal

sacrae feles

in templo Libertatis Avita filiam quaerit. Avita tristissima et perterrita est. nescit ubi filia sit[1].

"Margarita!" exclamat Avita, "ubi es, mea infantula?"

filiam Poppaeam cum plumis ludentem videt, sed non Margaritam.

"O mea infantula, ubi es?" maumat Avita.

---

[1] *ubi filia sit* = where her daughter is

"O mama!" maumat Poppaea. "Margarita mures capit. heri[1] e templo ambulavit."

"quid?" exclamat Avita. "id est periculosissimum!"

"non est!" exclamat Poppaea. "mea soror fortissima est. soror fortior est quam putas. murilegus optimus erit[2]."

---

[1] *heri* = yesterday
[2] *erit* = she will be

Avita felit, "Margarita parva et infantula est — id periculosum est! eam servare debemus. eamus[1]!"

---
[1] *eamus* = let us go!

Felicla regina

in spatio obscuro, Margarita et Theophania maumant. subito ianua aperitur[1] et formidulosissima feles in spatium obscurum ambulat. est mater Theophaniae.

"salve, mama!" exclamat Theophania laete. "est Margarita, mea amica! iam[2] eam amo!"

Felicla, mater Theophaniae

_____

[1] *ianua aperitur* = the door opens (is opened)
[2] *iam* = already

Theophania laeta est et ridet[1]. sed mater non laeta est et non ridet. ad Margaritam ambulat et felit:

"sum Felicla, regina murum[2]. et odi murilegos."

Margarita putat deinde maumat, "sed mus non es. quomodo[3] regina murum esse potes, si non mus es?"

---

[1] *ridet* = she smiles
[2] *regina murum* = queen of mice
[3] *quomodo* = how?

Felicla felit vehementer. perterrita Theophania effugit sed Margarita fortis manet.

Felicla exclamat: "eam aufer[1]!" subito ianua aperitur iterum et exercitus murum in spatium obscurum ambulat.

exercitus Margaritam capit et ad carcerem[2] eam trahit[3]. Margarita fortis est sed multi mures fortiores sunt.

---
[1] *eam aufer* = take her away
[2] *carcerem* = prison
[3] *trahit* = drags

in carcere multi murilegi captivi sunt. murilegi

mustelae sunt. Margarita sola feles est. nunc

Margarita in magno periculo est.

investigatio pro Margarita

Avita, Cassia et Poppaea per vias ambulant. Avita et Cassia Margaritam quaerunt. quaerunt sed Poppaea urbem miratur[1].

"urbs mirabilis[2] est!" maumat Poppaea.

"non est." exclamat Avita. "est periculosissima. tua soror in magno periculo est." Avita filiam monet[3], sed Poppaea mirari urbem perseverat[4].

---

[1] *urbem miratur* = admires the city
[2] *mirabilis* = extraordinary
[3] *monet* = she warns
[4] *mirari urbem perseverat* = she continues to admire the city

feles per angiportos ambulant, Margarita quaerentes. subito umbram maximam vident et mus maximam in angiportum ambulat.

"eheu!" exclamat mus. "plures feles! nolite me capere! non formidulosissimus sum, perterritus sum! nolite oppugnare!"

Cassia maumat caute, "non te oppugnabimus[1]. felem quaerimus — fortasse eam vidisti[2]."

caute mus pilpitat, "quis est feles?"

Avita maumat, "mea filia. putat se esse murilegum[3] sed non est."

"eheu!" exclamat mus, "tua filia murilegus est. sed in magno periculo est. murem formidulosissimum cepit sed nunc hostis reginae murum est. regina et exercitus murum eam ceperunt. nunc in carcere est."

---

[1] *non te oppugnabimus* = we will not attack
[2] *fortasse eam vidisti* = perhaps you saw her
[3] *putat se esse murilegum* = she thinks that she is a mouse-catcher

"eheu!" exclamat Avita. "quaeso[1], mus. tuum auxilium requirimus."

---
[1] *quaeso* = please

liberatio

mus maximus sed non formidulosissimus familiam felinam ad carcerem ducit.

"est periculosus, feles." monet mus. "regina murum ferox est." deinde mus effugit.

Avita, Cassia et Poppaea in carcerem currunt. carcer vacuus est. carcer silens est.

familia felina perseverat et subito multos murilegos videt. multi mustelae videt, et unam felem.

"Margarita!" exclamat Poppaea, ad sororem currens. "valesne[1]?"

"valeo, Poppaea," maumat Margarita. "quid hic facitis?"

---

[1] *valesne?* = are you okay?

Avita et Cassia ad carcerem ambulant et murilegos liberant.

"te servamus." maumat Avita. "domum veni, mea infantula."

Margarita tristis maumat, "esto, mama. tu eras recta. murilegus esse non possum. murilegus non ero. fortis non sum, quia mures me ceperunt. domum eamus[1]."

subito "non domum ibitis[2]!" exclamat regina murum!

---

[1] *domus eamus* = let us go home
[2] *non domus ibitis* = you will not go home

Margarita contra mures

"non domum ibitis!" felit Felicla, regina murum. "odi murilegos. tua filia murilegus est — igitur eam odi, et vos odi. mures! eas capite!"

mures ad familiam felinam currunt. omnes feles perterritae sunt, omnes sed… Margarita.

"non nos capietis[1]!"

---
[1] *non nos capietis* = you will not capture us

deinde Margarita mures oppugnat. mures maximi et multi sunt sed Margarita fortior est. et quia familia sua in periculo erat, quam fortissime et ferocissime[1] pugnat.

Poppaea sororem hortatur et Margarita, cum favore sororis[2], ferocius pugnat. Margarita mures vincit.

deinde mater et avia Margaritam quoque hortantur, et Margarita plures mures vincit.

---

[1] *quam fortissime et forocissime* = as bravely and fiercely as possible
[2] *cum favore sororis* = with the support of her sister

tandem Margarita omnes mures vincit.

Felicla felit. felit quia nunc exercitum murum non habet.

"vicisti, sed in vos vindicabo[1]!"

deinde Felicla effugit.

nunc Margarita et familia, et ceteri murilegi, liberi sunt.

---

[1] *in vos vindicabo* = I will take revenge on you

excusatio

"o mea infantula!" exclamat Avita. "gratias ago. hic venimus ut te servaremus[1], sed tu nos servavisti. vero tu fortis es – non! fortissima es! vero tu murilegus es. me paenitet[2] - male egi[3]. si murilegus esse vis, deinde potes. te valde amo, mi murilege!"

Avita caput filiae lingit et murmurat.

---

[1] *hic venimus ut te servaremus* = we came here in order that we might have saved you
[2] *me paenitet* = I'm sorry
[3] *male egi* = I acted wrongly

Cassia ad Margaritam ambulat et murmurat, "quoque me paenitet." Cassia caput Margaritae lingit.

deinde Poppaea vehementer murmurare coepit: "laeta sum quia salva es. sororem optimam habeo, sed… domumne ire possumus[1]?"

DOMUMNE IRE POSSUMUS?

---
[1] *domumne ire possumus?* = can we go home?

Margarita murilegus

Margarita feles est. Margarita feles parva est. parva est, sed animum magnum habet. Margarita fortis est – non! fortissima est!

in templo Libertatis cum familia habitat. Margarita familiam valde amat et eam amat.

Margarita contenta est quia murilegus est.

cotidie Margarita in templo Libertatis mures capit.

cotidie in viis Romae mures capit. cotidie cibum

sacerdotum et templum protegit.

Margarita murilegus est, et contentissima.

vocabulario

A a

a + abl: by

absunt: they are absent

ad + acc: towards

aderint: they will be present

adsunt: they are present

aera: air

agitare: to chase

ago: I do

    gratias ago: I thank

aliam: other

aliud: other

amantur: they are loved

amat: s/he loves

ambulant: they walk

ambulare: to walk

ambulat: s/he walks

ambulavit: s/he walked

amica: friend

amo: I love

angiporto: alleyway

angiportos: alleyway

angiportum: alleyway

animum: heart

aperitur: opens, is opened

audi: listen!

audit: s/he listens

aufer: take away!

auferunt: they take away

auxilium: help

avia: grandmother

C c

cadit: s/he falls

capere: to capture

capiam: I will capture

capiendi: of capturing

capiet: s/he will capture

capietis: you will capture

capio: capture

consilium capio: I have a plan

capit: s/he captures

capite: capture!

capiunt: they capture

captivi: captured

caput: head

carcer: prison

carcere: prison

carcerem: prison

carceri: prison

carissimae: very dear

caute: carefully

celer: quick

celerior: quicker

celeriter: quickly

celerrima: very quick

celerrime: very quickly

ceperunt: they captured

cepit: s/he captured

ceteri: the others

cibum: food

cingunt: they surround

circum + acc: around

circumspectat: s/he looks around

coepit: s/he began

consilium: plan

consilium capit: s/he has a plan

contenta: content

contentissima: very content

contra + acc: against

cotidie: everyday

cum + abl: with

cum + subjunctive: when, since

cur: why?

curant: they care

curiosa: curious

currens: running

currere: to run

currit: s/he runs

currunt: they run

D d

dea: goddess

deae: goddess

debemus: we ought, must

debeo: I ought, must

debes: you ought, must

debet: s/he ought, must

deinde: then

dentibus: with teeth

dignus + gen: worthy of

diu: for a long time

domos: homes

domum: home

dormiunt: they sleep

ducere: to lead

ducit: s/he leads

ducturam: about to lead

E e

e + abl: out of, from

eam: she

eamus: let us go!

eas: they

effugere: to escape

effugit: s/he escapes

egi: I did

    male egi: I acted wrongly

eheu: oh no!

ei: to him/her

eras: you were

erat: s/he was

erit: s/he will be

ero: I will be

es: you are

esse: to be

est: s/he is

esto: okay

et: and

    et… et…: both… and…

exanima: lifeless, unconscious

exclamat: s/he exclaims, shouts

excusatio: apology

exercitus: army

expergiscitur: s/he woke up

F f

facillima: very easy

facit: s/he does

facitis: you do

falsam: false

familia: family

familiam: family

favore: favour, support

felem: cat

feles: cat

felina: feline

felinam: feline

felit: s/he snarls (like a panther)

ferocissime: very fiercely

ferociter: fiercely

ferocius: more fiercely

ferox: fierce

filia: daughter

filiae: daughter

filiam: daughter

finis: end, finished

formidulosissima: very fearsome

formidulosissimi: very fearsome

formidulosissimum: very fearsome

formidulosissimus: very fearsome

fortasse: perhaps

fortior: braver

fortiores: braver

fortis: brave

fortissima: very brave

fortissime: very bravely

fuga: escape

G g

Graeca: Greek

Graecia: Greece

gratias: thanks

gratias ago: I thank

H h

habeo: I have

habet: s/he has

habitant: they live

habitat: s/he lives

habitavi: I lived

habito: I live

heri: yesterday

hic: here

hortantur: they encourage

hortatur: s/he encourages

hostis: enemy

hunc: this

I i

iacent: they lie down

iacentem: lying down

iaceo: I lie down

iacere: to lie down

iacet: s/he lies down

iactat: s/he throws

iam: now, already

ianua: door

ibitis: you will go

id: this, it

igitur: therefore

in + abl: in, on

in + acc: into, onto

infantula: baby girl

intellegit: s/he understands

investigatio: search, investigation

irata: angry

ire: to go

iterum: again

L l

laeta: happy

laete: happily

laetissima: very happy

libera: free

liberant: they free, liberate

liberatio: rescue

liberi: free

Libertas: goddess Liberty

Libertatis: goddess Liberty

lingit: s/he licks

lucem: light

ludent: they play

ludentem: playing

ludet: s/he plays

M m

magna: big, great

magno: big, great

magnum: big, great

maior: bigger, greater

male: badly

male egi: I acted wrongly

mama: mama, mum

mane: stay!

manet: s/he stays

Margaritae: of Margarita

mater: mother

matre: mother

matrem: mother

maumant: they meow

maumat: s/he meows

maxima: biggest, greatest

maximae: biggest, greatest

maximam: biggest, greatest

maximi: biggest, greatest

maximum: biggest, greatest

maximus: biggest, greatest

me: me

mea: my

meam: my

mecum: with me

mi: my

minimus: smallest

minor: smaller

mirabilis: extraordinary

mirari: to admire

miratur: s/he admires

monet: s/he warns

multi: many

multos: many

murem: mouse

mures: mice

murilege: mouse-catcher

murilegi: mouse-catcher

murilegos: mouse-catchers

murilegum: mouse-catcher

murilegus: mouse-catcher

murmurare: to purr

murmurat: s/he purrs

murum: mouse

mus: mouse

mustela: weasel

mustelae: weasel

mustelam: weasel

N n

nata: born

-ne: indicates question

nescit: s/he does not know

nihil: nothing

nocte: night

noli: don't

nolite: don't

nolo: I do not want

non: no

nos: we, us

nulli: no, none

nunc: now

O o

O: oh

obscuro: dark

obscurum: dark

odi: I hate

omnes: all, every

oppugnabimus: we will attack

oppugnant: they attack

oppugnare: to attack

oppugnat: s/he attacks

optima: best

optimam: best

optimum: best

optimus: best

ostendere: to show

P p

paenitet (me paenitet): I'm sorry

parata: prepared

parva: small

parvam: small

parvus: small

pascunt: they care for (as pets)

per + acc: through

periculo: danger

periculosissima: very dangerous

periculosissimum: very dangerous

periculosum: dangerous

periculosus: dangerous

perseverare: to continue

perseverat: s/he continues

perterrita: terrified

perterritae: terrified

perterritus: terrified

pilpitans: squeaking

pilpitant: they squeak

pilpitantem: squeaking

pilpitat: s/he squeaks

plumas: feathers

plumis: feathers

plures: more

Poppaeae: of Poppaea

possum: I am able

possumus: we are able

potens: powerful

potes: you are able

potest: s/he is able

precantur: they pray

pro + abl: for, on behalf of

protegere: to protect

protegit: s/he protects

pugna: fight

pugnant: they fight

pugnat: s/he fights

pulcherrimam: very beautiful

pulchrum: beautiful

putas: you think

putat: s/he thinks

Q q

quaerens: searching for

quaerentes: searching for

quaerimus: we search for

quaerit: s/he searches for

quaerunt: they search for

quaeso: please

quam: than

quia: because

quid: what?

quis: who?

quomodo: how?

quoque: also

R r

recta: right, correct

redire: to go back

regina: queen

reginae: queen

requirimus: we need

requiro: I need

ridet = s/he smiles

Romae: Roma

Romani: Romans

Romanorum: of the Romans

S s

sacerdotes: priests

sacerdotum: priest

sacra: sacred

sacrae: sacred

sacrificant: they sacrifice

salit: s/he jumps

salva: safe

salve: hello!

scit: s/he knows

se: him-/her-self

sed: but

sedent: they sit

sequitur: s/he follows

servamus: we save

servare: to save

servaremus: we saved

servavisti: you saved

si: if

sicut: just like

significas: you mean

significo: I mean

silens: silent

sit: s/he may be

sola: only, alone

sole: sun

solum: sun

sonum: sound

soror: sister

sororem: sister

sororis: sister

spatio: space

spatium: space

spectant: they watch

spectantes: watching

spectat: s/he watches

sperat: s/he hopes

statua: statue

statuam: statue

sua: his, her

suam: his, her

sub: under

subito: suddenly

sum: I am

sunt: they are

surgit: s/he gets up

T t

tandem: at last

te: you

templo: temple

templum: temple

terram: ground

timet: s/he is afriad

trahit: s/he drags

tristis: sad

tristissima: very sad

tu: you

tua: your

tuam: your

tuum: your

U u

ubi: where

umbra: shadow

umbrae: shadow

umbram: shadow

unam: one

unguibus: with claws

urbem: city

urbs: city

V v

vacuum: empty

vacuus: empty

valde: very much

valeo: I am well

valesne: are you well?

vehementer: violently, loudly

veni: come!

venimus: we came

vero: indeed

via: street

viae: streets

ut: in order to, that

viam: street

vias: streets

vicisti: you won

victor: winner

victores: winners

vident: they see

videre: to see

videt: s/he sees

vidisti: you saw

vidit: s/he saw

viis: streets

vincit: s/he wins

vindicabo: I will get revenge

vis: you want

visitant: they visit

vita: life

volo: I want

vos: you (pl)

vox: voice

vult: want

Printed in Great Britain
by Amazon